希求の果て

山岡　瑞雪

文芸社

希求の果て——目次

聖なる出会い

由季は、ショッピングカートをガラガラと音を立てて、引きずりながら歩いた。容赦なく降りかかる夏の日差しに、額には汗がにじみ、息が荒くなり、心臓の鼓動が激しくなる。由季は立ち止まり、ふうーとため息をついた。

三松由季は三十二歳、専業主婦。夫は同い年で実直な公務員。見合いで結婚して五年目。子供はなく、二人だけの極めて平凡な日々、平凡な夫婦であった。由季は三、四日に一度買い物に出るくらいで、ほとんど冷たいコンクリートのアパートの一室に閉じこもりがちであった。近所の付き合いもしない。友達と会おうともしない。結婚して後、人は会うごとに、「子供はまだ?」と聞いた。由季はその言葉を聞きたくなかった。五年たって、人はあまりその言葉を言わなくなったが、由季は無言のプレッシャーを感じ、人と会うのを恐れた。

夫は病院に行こうともしなかったが、由季は勇気を振り絞って治療を受けた。生まれて初めての恥ずかしい経験であった。輸卵管のつまりではないかとのことで、朝食抜きで洗浄に通った。洗浄を受けた日は、一晩中腹痛で七転八倒の苦しみであった。夫はなすすべもなく、横で見守るだけ。（何で私だけこんなに苦しむの）由季のほおを涙が伝って落ちた。

針治療にも行った。太った治療師のふやけた指がおなか、鼠蹊部、そして太ももの間をまさぐるようにはっていき、そこに針が刺された。

（気持ちが悪い……。こんなつらい思いはもう嫌だ）

子供はできないままだった。（もう行きたくない）治療はすべて止めた。

夫の良雄の実家は、二時間位離れた田舎にあった。結婚したてのころは、電車とバスを乗り継いで、毎週のように帰った。古い家で台所は土間であった。二階は天井の低い、まるで屋根裏部屋であった。そこに二人は泊まった。父親は襖職人で、頑固な人であった。これが職人気質というんだろうと由季は思った。母親は目付きが鋭く、意地悪そうな顔をしていた。

何より、由季がこの実家に帰りたくない理由があった。三松家の隣は大きなお寺であった。そのお寺の裏はお墓で、それが延々と三松家の裏の小さな庭にまで続き、境がなかった。つまり、三松の家のすぐ裏にはお墓が並んでいたのだ。屋根裏部屋のような二階で寝るとき、由季は薄気味悪くて怖かった。

良雄はたった一人の大事な息子だ。良雄の両親は夫婦養子で、子供のなかった三松家は良雄の父親を養子にもらい、嫁を取らせたのだ。良雄のおばあさんは血の繋がらない孫を思いっきりかわいがり、子供のころからひ弱だった良雄は、おばあちゃんっ子で大事大事に育てられた。そのおばあさんはとうに亡くなっていた。

とにかく、由季はこの家になじめなかった。生活環境の違い、言葉の違い、考え方の違い、あらゆるものが違った。帰りたくない様子を見せる由季に、良雄も仕方がないと思うようになったのか、帰るのは一カ月に一度になり、三カ月に一度になり、盆正月だけになった。子供ができないことも、由季の引け目になっていたのかもしれない。実家では、子供の話はタブーであるかのように、一切出なかった。それが由季にはかえってつらかった。

良雄は仕事から帰ると、玄関から点々と靴下、服を脱ぎ散らし、テレビにかじりつく。由季が台所に立って忙しくしているのに、寝そべったまま、「おーい、九」と、チャンネルを変えてくれと呼ぶのだ。そのころはリモコンは無かった。新婚時代に甘やかしてしまったなと思いながらも、由季は怒りもせず、濡れた手を拭き拭き、チャンネルを変えてあげた。

そんな良雄でも、由季が風邪を引いたりして具合が悪いときは、朝仕事に出るとき、「寝とけよ」と言いおいて出て行く。優しい夫であった。

ある日、玄関の郵便受けに小さな新聞が入っていた。『聖なる光』、何これ？　浄霊？　色刷りのきれいな新聞だった。

いろいろな体験談が書いてあった。不思議な奇跡。ガンが治った人、腎臓ネフローゼから救われた人、こんなことが本当に起こるのだろうか。これは本当の神様かもしれない。由季は今はもう、子供はどうでもよかった。ただ、精神的に救われたかった。魂の希求するものがあった。電話をして、来てもらうことになったとき、由季は玄関から階段の下まで丁寧に掃除をし、打ち水をした。神様のお使いが来てくれる、そう思った。

入信式を済ませた日、帰ってきた夫に、こうこうこうで「おひかり様」をもらってきたよと由季は嬉しそうに報告した。「ふうーん」と言うだけで、良雄は風邪を引いたと寝込んでしまった。これは絶好のチャンスとばかり、由季は浄霊をした。枕元に座り、無抵抗の良雄に手をかざすのである。今は既に亡くなられ、神様になっていらっしゃる教祖様が書かれた、「光」という文字が印刷された半紙を小さく畳み、絹の袋で包み、ビニール袋に入れられたものを首にいただいていた。神様が、由季を通して良雄の霊を浄めているのだ。

それから良雄は、仕事を休んで寝込んだまま、何日も治らなかった。由季のすることに抵抗して、良雄はふらふらしながら病院に行った。しかし注射をしてもらっても、薬を飲んでも、ちっとも治らず熱は下がらなかった。一週間後、由季は「『おひかり様』をもらいに行こうよ」と勧めた。

早く治りたいばかりの良雄は、仕方なく由季について行き、入信した。たちまち治るものと思っていた良雄だが、期待に反して熱は更に上昇した。一晩高熱で苦しんだが、翌朝、バケツをひっくりかえしたような汗で布団をぐしょぐしょにして熱は急降下。良雄はすっかり回復していた。

　それからというもの、由季は信者の優等生であった。毎日支部に参拝し、教祖様のみ教えの本を読み、『聖なる光』新聞を配布した。それに対して、良雄の信仰心はいまいち。そこで実験をさせることにした。支部長の指導により、牛乳を二本買ってきた。一本はそのままコップに入れラップをかけ、もう一本をコップに移し良雄にしっかり浄霊をさせラップをかけて、そのまま五、六日置いた。みごとに違いが出た。そのままのほうはどろどろに黒く腐り、浄霊をしたほうは何と真っ白なヨーグルト状になっていた。これには良雄も参ってしまった。自らの手で奇跡を起こしてしまって、良雄は一言もなかった。

　何と不思議な事か。奇跡を起こす浄霊。この手で世界人類救済ができる。世界人類救済、何とすばらしい響きだろう。由季は一言もない良雄を見ながら、感激に震えた。

　毎月一日、静岡の本部で月次祭《つきなみさい》が行われる。昭和五十五年八月一日、由季は初めて本部に参拝し、その神秘性に感激した。ここここそ世界を救う殿堂なのだ。琴の音とともに緞帳が開き、神社の神主の格好をした数人の男性が祭壇に供物を捧げる。祭壇の奥には、ご神体様と呼ばれる掛け軸が掛けてあった。

　そして、会長先生のご講義があった。自らも浄霊によって命を救われ、人救いに立ち上がり、『聖信会』を宗教法人にし、ここまで大きくした方であった。由季もまた、人救いに立ち上がろうと心に誓った。両親を入信に導き、友達を、親戚を、戸口をたたいて全く知らない人をと、由季の信仰生活は破竹の勢いだった。

人類滅亡の日が来る。「最後の審判」、ノストラダムスの予言のように、一九九九年七のつく月かもしれない。あるいはまだ先かもしれない。とにかく、罪を犯し続けた人類が滅ぼされる日が近付いている。罪を犯し汚れた霊魂を、浄霊で浄め、人を救うというご神業で罪を許してもらわなければならない。人を救う人を作る。そして、世界人類を救う。高邁な思想は由季の目を輝かせ、何の疑いもなく目的に向かって邁進させた。

由季は真の信徒となるべく、家庭用のご神体様をお迎えしたかった。しかし、上に人が住むアパートには許されない。良雄に引っ越しすることを提案するが、なかなか腰を上げてくれない。しかし由季は既に決心している。正しい祈りは必ずかなうと信じている。その信念に良雄も負けた。支部の近くの一戸建ての借家に引っ越すことになり、ご神体様（家庭では壁にお額を掛ける）をご奉斉した。

それからしばらくして、近くに住むリュウマチのおばあさんを入信に導いた。このおばあさんが原因で大変な事が起きようとは、由季は思いもしなかった。

その年の秋、本部で何期にもわたって信徒研修会が行われていた。由季は導いた人たちを次々に送り込んでいたが、その四期目に区長の指導で、そのリュウマチのおばあさんを引率して行った。

研修会から帰って二、三日して、由季の家にリュウマチのおばあさんの息子という男が、突然怒鳴り込んできた。

「嫌がる者を何で無理やり連れて行った！　朝早くから起こして、拭き掃除までさせたそうだな。帰ってから寝込んでしまったぞ。どうしてくれる！」

本部は全館朝六時起床で、皆で掃除をする。大人数でするから、大した労働ではない。無理やり連れて行った覚えもない。帰りも元気な様子だった。

「病気が治ると言って連れ出したんだってなあ！　このまま死にでもしたら、どう責任取るんじゃや、ええっ！」

横にやくざを従えていた。すごみを利かす。大声で怒鳴り、玄関からすぐの部屋に上がり込んできた。襖一枚隔てて、奥の部屋にご神体様がある。由季はこれ以上は許さないぞという思いで、襖を背にし、分厚い大きな応接台を挟んで、二人の男と向かい合った。横には良雄が、一言も言えずかしこまっていた。

「おばあさんが自分で足を運んで来られたんですよ。無理やりではありません」

「軽く掃除を手伝われただけで、無理な事はさせてないです」

心臓はどきどき高鳴り、体は震えながらも、毅然とした態度で由季は対した。しかし、何を言っても二人を怒らすばかりだった。

「なにいっ！」

やくざはわびでも書かせるつもりか、紙とボールペンを応接台の上に置いていた。激高して、そのボールペンを何度も紙に突き立てた。しばらくすると紙は破れ、ボールペンがぐにゃりと曲がった。次に、こぶしを振り上げ、応接台に打ちつける。

「あんたんとこの仕事場になあ、怒鳴り込みに行くぞ！」

今度は、縮こまってうなずくだけの良雄を脅し始めた。応接台に打ちつけていたこぶしから、赤黒い血がにじみ出し、汚く紙を染めた。

由季は、心の中でずっと祝詞を奏上し続けた。

本部では既に連絡が入っていて、会長先生を囲んで話し合いがなされていた。指導の電話が由季に直接入った。

「今そこに来てるのか。何も口答えしないで、本教は病気治しではない、御霊《みたま》の浄めです、とだけ言いなさい」

それからは、会長先生のご指導どおりに言い通した。しばらくして、らちがあかないと思ったのか、二人は「また来るからな」と、捨てぜりふを残して帰って行った。由季はほっと安堵して、ぐにゃりと曲がったボールペンと汚い紙を片付けながら、何の傷も付いてない応接台の丈夫さに驚いた。やくざの空回りが滑稽でもあった。

後から聞いた話では、本部では、小柄ではあるが奥目のするどい、にらみの利く顔をした男性区長を行かせようということになっていたらしい。しかし、この区長が来ることなく、事は解決した。なぜか二人は、二度と現れることはなかったのだ。おばあさんと一緒に住んでいるのはおとなしい長男で、怒鳴り込んできたのは、たまに来る持て余し者の次男だったらしい。おばあさんの容体だけが気になったが、由季は怖くて近寄れなかった。しかし、入院した様子も、もちろん葬式が出た様子もなかった。

その年も終わりの十二月、由季は本部で祭典の日に体験発表をした。『聖なる光』新聞を手にしたときの感動、良雄の奇跡、牛乳の実験、その後の色々なことを感謝の気持ちで発表した。途中感極まって、言葉を詰まらせながらの発表だった。

今日の体験発表は大変誠があった、と会長先生のお言葉があった。そして祭典後、会長先生にご挨拶をしたとき、専従を許すとのお言葉をいただいた。由季の心は、喜びと未来の希望に膨らんだ。専従で本部に入るのかと思っていたら、そのまま岡山の支部に支部長として、夫共々入るという話であった。夫は支部長代理としてという、今までにない扱いであった。

専業主婦を五年続けて、由季はたくさんの貯金をしていた。家を建てたいという良雄の希望からであったが、入信後良雄に説得を続け、既に数百万円の献金をしていた。

み教えの中に「建設」があった。建設をすれば、世界の闇が消えていく。闇が消えるということは、人類が救われていくということだ。本部、地区本部、各支部等々、日本は世界の中心で、日本に建設が行われるということは、世界が救われることなのだ。「建設」のために自らも献金をし、人にも献金を取り次ぐ。重要なご神業であった。

良雄に専従をという話が持ち上がり、由季は貯金の残りを洗いざらい献金し、更に二百万円借金をしての献金を良雄に取り次いだ。良雄も観念したように承諾した。

独り立ち

そこは本部の会議室。少し離れた神殿では信者の研修会が行われていた。由季はそのお世話係で来ていた。内線がなり、支部から由季への電話であった。

「良雄さんがいなくなった。何の連絡もなく三日たつ」

由季から何かが崩れ落ちた。偶然周りにはだれもいない。声を上げて泣いた。子供のようにおいおいと、嗚咽した。

どれほど時間がたっただろう。涙が涸れ果てていた。

(仕方がない。あの人は神様を裏切った。その人を私は許せない。もう知らない)

岡山の支部に戻った由季は、良雄が自分の実家に帰っていたことを知った。実家の両親に、仕事を辞めて専従になることを反対されたのだろう。それに打ち勝つだけの信仰が、彼になかったに違いない。

そのころ二人は、信者や専従の中ではやっていた湿疹がうつり、苦しんでいた。体中に広がり、かゆくてかゆくて夜も眠れないくらいだった。湿疹は手から始まり、足やおなか、脇と、上半身へ広がっていった。掻くと汁が出て、膿みをもってくる。かゆみに耐えるのは並大抵ではない。寝不足が続くと、もはやノイローゼ状態だ。痛みに耐えるよりも数倍つらく、気が狂いそうなのである。由季はまだ良かったが、良雄は仕事先でさぞつらかっただろう。降りてすぐ、病院に駆け込んで治療したと聞いた。

由季はその後も一、二年、その皮膚病に悩まされた。膿みだらけの手にはいつも白い手袋をし、その白い手袋には血膿みがにじんだ。髪はビニール手袋をして洗った。惨めでつらかった。『聖信会』の教えでは近代医学は邪神であった。アダムとイブの時代、アダムが神の教えに反してリンゴを食べた。つまり薬を飲んだのだ。ヘビの誘い、邪神の誘惑に負けてである。それから人間の悲劇が始まった。

人は、自然のものをおいしく食べていればそれで良かった。人には自然浄化作用というものがあり、悪いものを食べたり汚れがたまると、それを外に出す機能が備わっている。それは体中の穴を使い、大小便、汗、鼻水、せき等々で浄化されるのである。だから、風邪結構、下痢結構、病気結構。浄霊で浄まれば、それらの浄化作用が起こる。病院に行く必要も、薬を飲む必要もなかった。しかし、人間生まれ変わり死に変わり、前世、前々世に犯した罪で霊魂は汚れに汚れている。その罪汚れを許されるには、相当のご神業が必要なのだ。

病気も、悪い出来事もすべて罪故。罪が深ければそれだけ浄化も長く厳しい。これも神の愛なのだ。夫から去られて独りぼっちになった寂しさと、皮膚病のかゆみ、痛みに耐える由季であった。

良雄がいなくなって数カ月後、由季に転勤が言い渡された。静岡の本部のおひざ元の支部であった。岡山から静岡に向かう車の中で、もう二度と帰らないかもしれないと思った。

（さよなら、みんな）心の中で両親に、良雄に別れを告げた。

由季は教えに忠実に、皮膚病の痛み、かゆみに耐え、ご神業に邁進した。良雄がいなくなってから一、二年たっただろうか。独りぼっちの寂しさも既に薄れていた。良雄とは全く電話も手紙のやり取りもなかった。そんなある日、久しぶりに休みをもらって岡山に帰った由季に両親が、「良雄さんはあなたが帰ってくるのを待っているよ」と伝えた。由季がいつか教団を辞めて帰ってくるのをと。由季は言った。

「私が辞めて帰ることはないよ。彼とはいつまでも平行線だから、待ってもらっても困る。もう離婚したい」

三松由季は上岡姓に戻った。覆水盆に帰らず、割れた花瓶はもう元通りにはならない。でもいつか、ひょっこり会って、二人の愛情が変わっていないと確かめられたら、また結婚したっていいじゃない。もし本当の夫婦だったらね。そんなふうに思った。

静岡には幾つかの支部があったが、その中の三支部が、教団発生の場所である静岡教会と合併し、静岡地区本部となることになった。由季の支部から、ご神体様（信仰の対象とする掛け軸）を本部にお移しする日を迎えた。二人の本部長と由季が、それぞれご神体様や教祖様のお写真などをお持ちし、専従の若い男性が運転して本部に向い、高速道路を走った。

十一月というのに、日差しの強さは九月のころのようで、車内は異常に暑くなっていた。何も話すこともなく、四人無言のまま、いつか本部長たちは居眠りを始めた。由季はお持ちしているご神体様など大丈夫かなと心配になった。クーラーをきかせてほしいなと思い、運転の男性専従に声を掛けようかどうしようかと迷っていたそのとき、一瞬グワァーンという衝撃とともに由季は意識を失った。それが数秒だったのか、数分だったのか分からない。気が付くと、制服のスカートの上や足元にガラスの破片が散らばっていた。自分がどこにいるのか、どういうことになっているのか、状況を把握するまで、また数秒かかった。由季の制服はポトポトと落ちる赤い血で染まっていった。赤い血は由季の額から落ちていたが、痛みも何も感じなかった。隣に乗っていた本部長が、血だらけの由季の顔を見て悲鳴を上げた。

前がぐしゃぐしゃの車から外に出て、安全な場所に避難した由季は、額を手で押さえ座り込んだ。その由季に男性専従は、「ごめんなさい、ごめんなさい」と、頭を地面に擦り付けて言うばかりだった。駆けつけた救急隊員に、由季は「いいです、いいです」と、病院に連れて行かれることを拒否して、うずくまったままだった。額を押さえる布をも拒否していたが、「傷口を押さえないと、これはただの布だから」と言われ、やっと受け取って額を押さえた。本部長から、自分たちで病院に連れて行くからと言われ、救急隊員は納得して引き上げた。

本部の一室に寝かされて、由季は眠りに入っていった。何度か気が付くたびに、幹部の先生方が交互に由季に浄霊していた。「すみません」と言ったまま、由季はまた眠りに吸い込まれていった。

どのくらい眠っていたのだろう。まだ外は明るかった。先生が来られ、今から地区本部で支部長会があるので、みんなで行くから休んでいなさいと告げられた。由季は、私も連れて行ってくださいと頼んだ。先生は困ったような顔をしたが、後で来なさいとその手配をしてくれた。ご神前で出発のご参拝をしていたとき、畳に下げた額からまた血がにじみ出た。

事故の原因は運転者の居眠りだった。車は中央分離帯に二度激しくぶつかり、一八〇度回転して止まったという。由季の隣に乗っていた本部長は、会長先生の娘であったが、事故の一部始終を見ていた。精神的ショックを受け、しばらく震えが止まらなかったという。その後も数日、食事も受け付けなかったそうであった。会長先生は、「どちらがよかったのかね。一番重症のこの人はケロッとしてるよ」と、横になったのは当日だけで、次の日から元気に食欲もある由季を見て言った。

由季の救急隊員をも拒否した信仰は、しばらくみんなの語りぐさになった。会長先生は副会長に、運転者の人選を誤ったことを反省するよう、また由季には、無くなる支部の救われない霊たちのお気付けだろうとおっしゃった。それからすぐに元の支部の発会式が再び執り行われ、当事者として由季は発展を託され、支部長に再就任させられた。

それからどのくらい後のことであろう。本部長をしていた会長先生の娘は、ノイローゼが高じたとのことで、皆の前から姿を消して二度と現れなかった。もともと、精神的に浄化しなければいけないものがあったのかもしれない。会長先生自身も、血の道でノイローゼ状態だったところを浄霊で救われたと聞いている。幹部の前田先生も入信当時ノイローゼだったというし、前田先生の娘はまだ十代であったが今現在、既にノイローゼであった。あれだけ徳を積まれているはずの先生方の家族が、なぜそういう風になるのか分からない。ある支部長は、「この教団は気違いの教団よね」と、口悪く言った。

赤いジープ

長崎に転勤になった由季は、まだ無い支部の発会に奔走した。『聖なる光』新聞を配布し、一軒一軒ご神業に回りながら、不動産屋に足を運び、物件を探して回った。

二カ月後、支部の発会式にこぎつけた。九州各地から支部長や信者が集まり、発会式が執り行われ、その後実践に出て行った。由季は、信者が連れてきた人たちの入信式に忙しかった。それまでの地道なご神業で、多くの人たちが入信した。

その中の一人の青年、城山政樹。彼はある信者の勧めで、仕事の合間にひょこっと来て、慌ただしく入信式を済ませ、慌ただしく帰って行った。忙しい由季の記憶にも残っていなかった。

夜遅く、応援の支部長や信者は帰ってしまい、由季一人支部に残された。一日の後かたずけをしながら、今は寂しいこの支部をがんばって発展させなきゃと心に誓った。

次の日から由季の戦いが始まった。まずは入信した人たちを日参に持っていこう。由季の呼びかけに意外にも応じたのが政樹だった。仕事の合間に仕事着のままやってきて、由季から参拝の仕方、祝詞のあげ方を教えてもらい、浄霊を受けた。少し小太りの彼は、十分間の浄霊に足をしびれさせた。「ああ、立てない」と言いながら、彼は由季の足元をはいまわり、由季を笑って見上げた。(気持ち悪い)と、由季は思った。

み教えを取り次ぐ間、政樹は由季の顔を充血した目で見つめた。その目には何か鋭いものがあった。(何考えてるんだろう、この人)

政樹は由季より九つ下の二十七歳。小さいときからやんちゃ坊主で、お母さんは手を焼いたらしい。海が好きでボートを持っていた。今は港に停泊させたままで、しばらく乗っていないと言う。「いつか今度乗せてあげますよ」と目を細めながら言った。このやんちゃは笑うとかわいかった。

何歳のときだったか、バイクを飛ばしていて、そのまま海にダイブしたという。全くの意識不明で、母親が病院に駆けつけたとき、政樹はパンパンに膨れ上がっていて顔も見分けられないほどだったらしい。よく生還したものだ。

政樹の両親は離婚していた。何が原因か知らない。お母さんは優しい、おとなしい人だった。そのお母さんがやっている弁当屋を手伝っていた。彼はフランス料理を勉強してきていて、本当はレストランをやりたかったと言った。若い奥さんとかわいい男の子がいた。

いつか由季は、政樹が来るのを心待ちにするようになった。彼といるとなぜか楽しかった。意外と頭もよく、素直でみ教えもよく理解した。

ある日、彼は一つ下の後輩を連れて来た。大岡悟というおとなしい青年であった。技術マンで会社に勤めていた。彼にいろいろと取り次ぎ、入信式をすることになった。由季がその準備をしていると、政樹は台所の冷たいフロアでごろんと横になり眠ってしまっていた。疲れているのだろう。「ああ、ああ、こんな所で。風邪引くよ」と言いながら、由季は自分の毛布を出してきて政樹にかけてあげた。（こんなこと、外の人にはしないぞ）と心に思った。

ご神業を続けるうち、政樹は浄まってきたのだろうか。お母さんも奥さんも入信に導き、友達も導いた。いつしか目の充血は無くなり、鋭さは消えて、すずやかな優しい目になった。彼は赤いジープに乗っていた。彼が休みの日は、その助手席に乗せてもらって、ご神業に出掛けた。彼との会話は楽しかった。

「目の充血が無くなったよね。最初のころは目付きも悪かったし、気味悪かったよ」

「よく言いますねぇ」

年の違いに話が及ぶと、

「僕が幼稚園のとき、支部長さんは中学生だったんですよね。そのころ会ってたら、相手にもしてくれなかったでしょうね」

「まあねえ」

ある日、政樹に慰霊祭の取り次ぎをした。彼は水子がいると言う。結婚前も合わせて何人か分からないくらいと言う。（この馬鹿者）と思いながら、水子の一人一人に名前を付けてあげて、本部の慰霊祭に申し込んだ。それからずいぶん後、政樹は言った。

「あの水子の話、うそですよ。あんなにいませんよ」

（この罰当たり）と思ったが、由季はどちらが本当か分からなかった。遊び人だったことは確かなのかもしれない。

政樹と悟と三人でご神業に出掛けた。アパートの三階の政樹の知り合いにいろいろ取り次いでの帰り、部屋の外に出るともう暗くなっていた。アパートの階段には明かりがついていなかった。「うわあ、真っ暗！」と、恐る恐る降りる三人。政樹は由季の手を取ってくれた。ぎゅっと握ってくるその手に何かが通い合った。下に降りてもまだしばらく手を離したくない二人だったが、悟に気付かれないようそっと手を離した。

それから、由季は政樹が来るのが待ち遠しくなった。支部の入口は上り坂になっていて、赤いジープのアクセルをふかす音で彼が来たのが分かった。彼は一日のすべてを終えて九時ごろに来た。ご神業も何もできなかったが、それでも由季は嬉しかった。

悟の両親の所にご神業に出掛けた日、それはすごく寒い雪の降る日であった。悟の両親は山深い所でミカンの栽培をしていた。仕事の手を休めて、たき火をしながら、両親はミカン箱をいす替わりにして浄霊を受けた。手をかざしながら空を見上げると、木々の間から雪が降り注いでくる。幻想的な空間であった。

しかし、悟の両親は入信を許されなかった。政樹と三人での会話。

「悟も罪が深いんだろうね」

にやにやしながら政樹が言った。

「『さ』と『る』だもんね。ああ、ごめんごめん」

つい口がすべってしまった由季があわてて謝った。悟は参ったなという顔で笑った。

み教えでは、人間には魂である本霊と、その周りに心があり、そこに副霊というものが住んでいる。副霊とは何かと言うと、動物霊であり、その種類によってその人の性格が表れる。どう猛な人はライオンだったり、執念深い人はヘビだったり、よく人をだます人はキツネだったり。前世、前々世の罪により副霊は付けられる。また人生の中で入り込んでくることもある。

「さ」は天狗、「る」は龍神であった。龍神は「山に千年、海に千年、里に千年」と言われ、執着の結果の生まれ変わりであって、それだけの年月をかけて罪を償わなければならないという。

由季と政樹は深く愛し合うようになった。しかし、神様を通じての出会い。決して許されるものではなかった。それは二人とも自覚していた。

「しばらく待って、きっといつか」

政樹がそう言ったとき、由季は首を振った。

「許されない、きっと地獄に落ちるよ」

ただでさえ、二人は不倫状態。このとき奥さんのおなかには二人目の子供が宿っていた。まして専従の身で許されるはずはなかった。生木を裂くような心の痛みであった。愛は変わらない、でも現実は結ばれてはいけない。断ち切ろう、この勇気は神も認めてくださるはずだ。

二人は支部長と信者の線を越えることはなかった。しかし、だれが二人の事を怪しみ、本部に報告したのか。会長先生の知るところとなり、即刻由季は本部に戻されることになった。

その夜、政樹は赤いジープで稲佐山に連れて行ってくれた。百万ドルの夜景がすばらしい。きらきら光る宝石をちりばめたような夜景を見ながら、ただ黙って二人は手を握り合ったままだった。

慌ただしく引っ越しの荷物を作る由季。今日の夕方には、博多行きの列車に乗らなければいけない。更に本部から、一刻も早く昼の列車に乗るようにとの電話が入った。政樹が見送りに来てくれることになっていたのに。もう会えないかもしれないと思いながら、彼のお母さんに列車の時刻の変更を伝えた。

もうそろそろ発車の時間。彼はまだ来ない。窓の外を見ながら諦めかけていたそのとき、彼の姿が見えた。由季はあわてて乗車口に走った。

「あっ！」

無情にも、二人の間を引き裂くようにドアが閉まった。ガラス越しに見つめ合った。政樹は分かってるよというように、うんうんとうなずいた。列車は動き政樹が見えなくなった。由季のほおを涙が流れて落ちた。

はるかな思い

大阪の地区本部に富田本部長がいた。この人は由季と同郷で、やはり同じころ専従になった。彼女には、ひょうひょうとした大阪人の夫と二人の男の子がいた。家族もろとも専従になったが、気の強い彼女は常に一番になりたい人間であった。一日も早く会長先生に認められたく、その行動はすさまじいものがあった。彼女の夫は、この気の強さに段々負けてしまって、ついて行けなくなった。そしてある日、姿を消した。それから彼女は二人の子供を抱え、なおさら必死のご神業を続けた。

長崎から本部に戻された由季は、この富田本部長に身を任された。その後、京都支部に赴任した由季は、新たな気持ちで人救いに向かうしかないと思っていた。しかし、富田は由季に何かにつけつらく当たった。信者の前で、外の支部長の前で、ささいな事で由季をなじった。由季は耐えたが、心の中では今に見てろという思いだった。

外の支部長も同じだった。ある男性支部長などは皆の前でへなちょこ呼ばわりされた。「あんたはおふろの中で屁ふるような、優柔不断な男やね。もっとはっきりしなさい」と。人を押しのけても自分が前に出る、そんながむしゃらさは多くの敵を作った。しかし皆信仰者、「素直が一番」とのみ教えどおり、上の人には反抗しない。

み教えでは一切の弁解は許されなかった。もしそれが事実でなかったとしても、疑いをかけられるということは、自分の責任。すべての原因は自分。正すべきは自分であった。

夜になると、政樹が電話をかけてくる。何を話すでもない。その日にあった出来事を取り留めもなく話す。新しい支部長とご神業に出掛けたこと。その支部長が転んだのを助け起こしてあげたこと。背の低い小太りのおばさんだったが、由季はその支部長に嫉妬した。不機嫌になった由季に、笑いながら政樹は言った。

「あの支部長さんに嫉妬するんですか」

政樹のそばにいたくてもいれない自分。由季は寂しかった。

ある日、政樹は電話口でピアノを弾いてくれた。優しい旋律に心和みながら、由季は涙を流していた。弾き終わった政樹は、由季が泣いているのに気付き、「泣かないで」と言った。

政樹の奥さんは血液不適合ということで、子供が生まれたら血液を全部入れ替えないといけないと言われていた。由季は転勤前、政樹に献金を取り次いで許されていたが、そのお陰か、子供は無事生まれ、血液も入れ替えないで済んだ。

由季は政樹に専従になってほしかった。そんなご守護もいただいたんだし、彼には使命があると信じていた。政樹は由季に言った。

「教祖様に僕を預けてしまいたいんでしょ」

この人は本当に人の心を見抜く人だと由季は思った。
一、二カ月後、政樹は専従に許された。後で聞いた話だが、政樹が毎日のように由季に電話したその電話代は、三十万円を越していたという。彼のお母さんは、なぜか何も言わず払ってくれたそうであった。
政樹が専従に許されて、由季の愛は完結したと思った。離れ離れで、二人はそれぞれご神業に邁進した。祭典や支部長会でたまに本部で会うだけ。遠くから互いの活躍を祈るだけだった。

あるとき支部長会で、会長先生が政樹に質問をした。政樹は的確に答えた。会長先生は「ほおー」という顔をした。由季は心で誇らしい気がした。政樹の活躍が嬉しかった。それから数年が過ぎた。

政樹が大きなカバンを抱え、道を下ってきた。一体どうしたのか。同僚の支部長と二人、本館に戻るところだった由季に不吉な予感がよぎった。

「どうしたの」

同僚の支部長が彼に聞いた。

「いや、家に帰るんです」

「どうして？　何があったの」

政樹はそれには答えず、由季の顔を目を細めて見つめた。

「僕の支部長さんだったんですよ。僕のことはよく知ってくれてますよ」

政樹は同僚の支部長にそれだけ言って、大きなカバンを抱え直し、坂を下りていった。由季は駆け降りて、追いかけて行きたい思いをかろうじて抑えた。同僚の支部長がいたし、何か許されないものを感じた。由季を見つめた政樹の目の奥には、入信当時のあの鋭さが戻っていた。

後で、外の支部長から彼の話を聞いた。彼がいた支部の信者さんが、彼に言い寄っていたこと。彼にその気はなかったそうだが、あの富田本部長が二人のあることないことを会長先生に報告したらしい。それで専従を降ろされたと。すべて神がされること。由季はなすすべがなかった。その後、彼がどうしているか、分からない。彼を思い出す度、由季の胸は締め付けられ、涙がにじんだ。

同じころ、会長先生のおそば近くでご神業していた杉山という人が、専従を降ろされたと聞いた。「ええっ、あの人が？」信じられない出来事であった。彼女は由季と同郷の出で、高校の書道の先生をしていた。由季より早く専従を許され、その頭のよさや達筆を会長先生に見込まれて、支部の看板の字は全部彼女の手で書かれ、いろんなところで彼女の才能は発揮された。会長先生の書道の師範でもあった。各地で支部長や区長を歴任し、今は会長先生のおそばに仕えていた。

彼女の存在はまた、ねたみの的でもあった。あの富田も攻撃の対象にしていた。由季が専従を許された当初、教祖様を信奉して集まる者たちは皆、すばらしい人たちに違いないと思っていた。教団は人間の理想郷だろうと想像していた。それが、甚だしい間違いであることにはすぐ気が付いた。それにもみ教え的説明がされていた。それは、人類は四つの民族に分けられ、日本人にはその四民族が入り交じっていること。四民族には争いの歴史があり、顔形は同じようでも、敵同士の民族であれば、いさかいが耐えないこと。その型としての教団は、中でいさかいが繰返されること。まさしく富田は、当時日本に攻め入り、暴虐の限りを尽くした〇〇民族に違いないと由季は思った。

杉山も、人間関係でつらい思いをしていたらしい。そんなとき、現地の地区本部で新しく専従に許された若い男性と心通うようになった。純粋に尊敬の念を寄せてくる彼に、心和むものがあったのだろう。二十歳も年の開いた二人であったが、彼女の心は少女のように純粋なところがあった。本部で会長先生の側近をしていた彼女に、彼は電話をかけてきた。その電話を盗聴する人がいた。会長先生である。このときだけじゃない。本部にかける電話は気を付けるように、というのが支部長たちの専らのうわさであった。

うわさではない。事実であった。月次祭の前日、本部にいた由季の元へ信者から電話がかかってきた。

「気を付けなさいよ、聞かれてるよ」

そばにいた同僚の支部長がそっと耳打ちした。その信者からの電話は、「親が死んで葬式がある。葬儀をするのに部屋が狭いから、ご神体様に粗相があったらどうしよう」というものであった。電話は親子電話を同時に取ったときのように反響していた。確かに聞かれている。何の目的か。息をひそめて聞かれていると思うと由季は緊張した。早く電話を切りたかった。普段ならどうにでも指導できるのに、由季は言葉にならないまま、後で指導を受けてこちらから電話するからと切ってしまった。

由季は盗み聞きなど大嫌いだった。そういう卑劣なことは、人間として許せない行為だと思っていた。なぜ会長先生はそんなことをされるのだろう。教祖様と合体されているはずの会長先生。それはイクオール神様になられているということだ。ならば、すべて見なくても聞かなくても、霊的にすべてが見通せるはずではないのか。なのに、何で盗み聞きなどしなくてはいけないのか。支部長がどんな指導をするのか聞いて、それに対して指導するためだというが、由季は割り切れなかった。案の定、由季はその電話の件で、会長先生から何という愛のない奴だとばかり批判された。

杉山の電話の話に戻そう。本部の会長室で、杉山と彼の話をずっと聞いていた会長先生は、幹部の先生方を呼んだ。

「聞いてみなさい。男と女になっているよ」

その後、本部で行われた区長会で、会長先生は杉山に何かの質問を浴びせた。だんだん精神的に追い詰められ、杉山は一言も返答できなくなった。

「かわいそうに。男女関係で、信仰が分からなくなってしまっている」

そうして杉山は教団から追い出された。二人は年の差こそあれ、少なくとも不倫ではなかった。男女の純粋な愛さえもこの教団は許さないのか。

同じころ、古くからの支部長で、由季よりも先輩たちが何人か教団を後にした。それぞれの理由があったのだろう。その中の一人が、それまで会長先生に柔順について来ていた人だったが、思いの丈をぶちまけるように会長先生に暴言を吐いて、辞めていったという。

由季とちょうど同じころ専従に許された、同じ区の二十代の女性で、本部に入るときはいつも一緒の車に乗り合わせていた小金丸という子がいた。彼女はしばらくして本部の経理や事務、そして会長先生のおそば近くでお世話をするようになった。本部に入ってからは、廊下で出会うくらいであまり話すこともなかったが、数年後、由季は人づてに彼女が死んだと聞いた。

「ええっ、何で？　何があったの？」

信じられなかった。まだ若いのに、会長先生のおそばにいて……。神館《かむやかた》の中にいて……。

聞くところによると、突然肺炎になったらしい。会長先生からご浄霊も受けていたが、しばらく髪を洗わないのを気にした彼女が、おふろに入るのを禁じられていたのに、入ったのだという。それで急に悪化して、彼女は救急車を呼ばれ、病院に運ばれた。そして死んでしまった。

本部の専従たちは、彼女が会長先生の言い付けを破り、おふろに入ったからだと言った。会長先生に非難の言葉を浴びせて教団を去った支部長は、この小金丸専従のことも言ったという。見捨てるなんて冷たいと。

皆命をもらった感謝で、一生を捧げて専従になった。骨を埋めるつもりで専従になった。それなのに、救われると思っていた神館でその命を無くすことになるなんて、だれも思いもしない。

教団から離れていった教団人、信者のことを、皆、邪神にやられたんだと言った。

乱れた園

京都支部から松山などの支部長を勤めていた由季は、発展しない支部長として副会長先生の支部長会に出席させられた。しばらく講義していた副会長は、突然由季のほうに向き、「上岡さん、あなたは私のことを批判めいた目で見ているが、自分こそ長崎や京都で何をしてきたか、反省してるのか！」と怒鳴った。由季はぽかんとする思いで副会長を見上げた。確かに長崎では政樹のことがあった。でも京都なんて何もなかった。しばらく由季をにらんでいた副会長は、何も言わない由季に目をそらし、講義を続けた。

そのころ支部長たちの間で、副会長とある女性支部長ができているといううわさ話があった。「副会長先生も青いよね」と、ある支部長は笑った。副会長は、学生時代から付き合っていた女性の信者と結婚し、四人の子供をもうけていた。四人目は跡取り息子が生まれ、幸せいっぱいの家庭のように見えた。しかし、副会長いわく、妻とは若いころの関係でまだ信仰もできてないころのことで、今では信仰のギャップができてしまった。そのギャップが、今の女性支部長にひかれてしまう原因だと。由季に言わせると、よく言うようである。夫婦なら、ともに向上しようとするのが本当だろう。副会長ともあろうものが、一人の人間も高めることができないのか。

その女性支部長は、専従を降ろされ家に帰ったが、二人の仲は続いているらしい。ある支部長が、本部で副会長の部屋から彼女が出てくるのを目撃した。

母親である会長先生も、今は黙認しているとのこと。副会長だけは許されるのか。うわさ話は聞くだけで、自分からそうした話をしない由季であったが、由季の気持ちを副会長は敏感に感じ取ったのかもしれない。

それからまた、会長先生の夫で、『聖なる光』新聞の編集室を受け持っている理事長先生のうわさ。これはずいぶん前からのうわさであった。編集室は本部から少し離れた所にあり、十数人の若い女性専従がいた。大奥のようなそこで、理事長は女性専従に次から次へと手をかけるという。「まさか」と由季は信じなかった。時々本部で、女性専従二人に支えられ、つえをついてゆっくりと歩く理事長の姿が見かけられた。あんなおじいさんが?

ところが、それから数年後、驚くべき事実を聞くことになる。副会長が突然、全支部長を会議室に呼んだ。何事かと集まった支部長たちに緊迫した空気が流れた。

「残念な事実が明らかになった。理事長は解任され、私が編集室の仕事もすべて見ることになった。理事長が編集室の人間に手を出していた事実が分かった。父親ながら情けない、また皆にも申し訳ない」

しかし、そういう副会長の言葉は冷たいものを感じさせた。何か人を裁くような言い方だった。自分の父親がそんなことを、というようなショックを受けたようには見えなかった。

数年前、由季が静岡の本部のおひざ元の支部にいたとき、当時大学生だったが誠実な信者がいた。彼女はその後専従に許され、支部長を経て編集室に入った。まじめで頭も良い彼女は、理事長に手をつけられ、悩んだ末、専従を自ら降りて実家に帰った。学生のころからの彼女を知っている由季は、その話を聞いて心が痛んだ。

さぞかし会長先生は無念であろう。ここの男どもはどいつもこいつも。しかしその後も、二人の側近に付き添われた理事長の姿が本部で見られた。その外にも、会長先生の身近な男性は不倫をした。

教団の経理を担当している、幹部の先生の息子の不倫が発覚した。彼には妻も子もあり、夫婦共に本部長であった。不倫の相手も、子供の病気を救われ、夫婦そろって専従になったその奥さんである。上品で優しい感じの彼女はすぐに区長になり、祭典のとき、美しい声でみ教え拝読をした。二人は専従を降ろされ教団を追放されたが、しばらくすると彼だけ復帰して、涼しい顔で再び本部長に納まった。相手の女性は二度と許されなかったが……。

本館の応接室で、突然会長先生のお話が始まる。よくあることで、常に支部長たちはアンテナを立てていて、それを察知し、いち早く会長先生の元へ馳せ参じなければならない。支部長、専従はフロアに座り込み、会長先生を見上げて話を神妙に聞いた。

その日は、車の事故で額に傷痕を持つ女性専従と、ある男性専従が二人していなくなったという話から始まった。この男性専従は何と、由季が忌まわしい事故に遭遇したあのときの、あの運転者であった。

「額に傷を持つ者は、魂に傷が入っているということだ。救われないいね。相手の男も、昔事故を起こしてるしね」

由季は体内の血液が凍るのを覚えた。由季には一生消えない額の傷があった。ちょうど髪の生え際なので前髪で隠されていたが、由季は自分のことを言われているのかと思わずにはいられなかった。しかも、相手の男性はあのときの……。もしこの教団に入らなかったら、それでも自分の人生の中にあの事故はあったのだろうか。違う場所で、やはりこの額の傷は受けていたのだろうか。自分は救われない魂なのだろうか。

由季はつらさに耐え切れず、部屋から出て行きたいと思った。しかし、全身の力が抜けたようにその場から立てなかった。

瓜二つの二人

鳥取に支部を造るため、由季はまだ内部を改装中のビルに泊まり込んだ。そこでは三人の男性専従たちが、二階には神床やご神前、一階には支部長室や信者の控室、台所等々、左官経験者を中心に、一切自分たちで造り上げるのである。全国の多くの支部の神床造りは彼らがやった。大したものである。由季はその中に、たっての願いで入り込んだ。肉体労働で疲れるであろう専従たちの三度の食事を作ってあげ、空いた時間は、一人で知らない土地を『聖なる光』新聞を配って歩いた。また、支部の周辺から一軒一軒戸をたたいて、地道な布教活動をした。夕方帰ると、夕食の用意をし、そしてかんなくずを集め、一日の片付けを手伝った。

十二月の寒い山陰である。まだおふろもできてなく、夜皆でワゴンに乗り、銭湯に行った。一階に男性専従たちが寝て、二階に由季が寝た。まだ部屋の仕切りもないだだっ広いフロアには、大小の木材が積まれている。その隅に畳を三枚敷いて、その上に布団を敷いて寝るのだ。すぐ横に石油ストーブを置いて、一晩中つけっぱなしにした。それでも顔を冷たい風が吹き抜けた。こんなことを自分から願い出る者なんて外にはいない。支部がきれいにでき上がって、発会式の準備から入ればいいのだ。でも由季は楽しかった。ここには、何かと意地悪をする区長もいない。責めてばかりの地区本部長もいない。苦労を分かち合える同僚たちがいた。

やっと支部ができ上がり、二月吉日発会式が執り行われた。その日は由季が山陰に来て初めての、どか雪であった。山陰の雪はすごかった。その中を、本部や地区本部から、副会長を始め、本部長、各支部長、専従たちの応援部隊がバスを連ねてやって来た。

発会式が終わり、大雪の中、皆布教活動に出て行った。

その日、由季が前々から浄霊をし、布教をしていた中沢邦子という女性が入信した。邦子は二人の子供がいる平凡な主婦であった。上品で優しそうなお母さんという感じの邦子は、「子供と一緒にエレクトーンを習っているのよ」と、幸せそうな笑顔で言った。

その数日後、邦子は飯田真弓といういとこを支部に連れて来た。さわやかな美人であった。彼女は胆石で入院中であったが、いとこの邦子から浄霊の話を聞き、病院を抜け出して来たのだった。由季は事情が事情なので、手早く入信式を済ませ、病院に帰した。手術の一日前であった。ところが何と、手術の直前に石がおしっこと一緒に出てしまったらしい。手術は取りやめになり、退院した。

隣の部屋の同じ病気の女性が同年配の人で、子供を残して手術後死んでしまったこともあって、真弓は命を助けられたと大感激した。真弓が奇跡をもらって数日後、その夫が突然支部にやって来た。「妻が手術もせずに治ったのはうれしいが、どうも信仰でとはねぇ……」と、信じ難い様子であった。しかし、その真弓から入信を勧められ、仕方なく決心したのだった。

元気になった真弓は、目覚ましいご神業をした。おばあちゃんも含め、家族全員入信させ、更に親戚を、友達を、知人を導き、その後も鳥取支部の発展の要となった。

彼女は子供ができるまで、看護婦をしていた。そこでいろいろなことを見てきていた。間違った治療をしてしまったことをひた隠しにする医者。必要以上に薬漬けにしていく近代医学。薬の副作用を知りながらも、大量に投与していく。気長に治療していけば治る病気も、手早く手術で片付けようとする。そんな医学に頼るしかない患者の悲劇の数々。心に多くの疑問を抱えていた真弓は、近代医学を否定する浄霊の奇跡に感激したのだった。真弓の目は、由季の入信したてのころのように輝いていた。

地区本部に参拝した真弓を見て、外の支部長や専従たちは皆びっくりした。

「上岡支部長さんにそっくりね」

「前世の兄弟か何かだろうね」

「罪が許されたら、そういう人を導くって言うけど、そうなのかねえ」

などと、口々にうわさした。

由季は人に言われるまで、真弓が自分に似ていることに気が付かなかった。でも、不思議と真弓とはとても気が合うことは感じていた。邦子は由季に反発することがたまにあったが、真弓はそういうところは全くなく、素直に由季について来た。

由季は、真弓に感謝の献金を取り次いだ。無類の生命保険好きだった彼女は、毎月数万円の保険料を支払っていた。それをほとんど解約し、数百万円の献金をした。真弓のお陰で新しい支部は見る見る発展し、由季は認められ、地位も上がった。

一方の邦子は、なかなか人を導けなかった。ある日、邦子が支部参拝をしているとき、下の玄関から大きな声がし、ガラスの割れる音が聞こえた。邦子の夫が怒鳴り込んできたのだ。日ごろから邦子の信仰に反対していたらしい。ご神前に座ったまま、邦子は震えて動こうとしなかった。ちょうど福山本部長が支部に来ていた。彼女が下に降りて、その夫をなだめて家に帰した。怖い男が苦手な由季は、彼女がいてくれてよかったと思った。彼女がいなければ、由季が覚悟を決めて、命懸けで邦子の夫と対決しなければならなかっただろう。

この本部長は、自分自身も夫から信仰を反対され、長い苦労の信仰生活の末、離婚して専従になっていた。本部長は邦子に夫婦でじっくり話し合うよう説得し、家に帰した。

信仰的には、夫婦のほとんどが前世の敵同士という。反対され、乱暴され、苦しむことによって、魂が磨かれ罪が許されるという。そして許された証しが離婚なのだと。教団人の多くが離婚していた。しかし、夫婦そろって信仰している者もいた。由季はその人たちがうらやましかった。それこそ理想的な姿だと思っていた。

福山本部長は、由季が本部のおひざ元の支部の支部長だったとき、信者として子供を連れて参拝に来ていた。彼女のお母さんは創設時代からの古い信者で、由季がまだ信者のころ、隣の支部の支部長だった。優しい面倒見のいい人だったが、年を取り、専従として本部に入って食事係になった。腰も曲がってきて、重い米袋を抱えて歩く姿が痛々しさを感じさせた。そのうち病気になり、家に帰された。会長先生は、恩ある人だから、一生本部で面倒を見ると言っていたが……。創設当時、経済的にずいぶん支えてもらったという話を聞いていた。そのお母さんに代わり、彼女が子供を置いて専従になったのだった。その後、お母さんは自宅で亡くなった。

由季には怖い男が嫌いな理由があった。それまで、由季の周りには優しい男たちしかいなかった。父親はおとなしくまじめな銀行員で、由季に手を上げたり、怒鳴ったりしたことは、生まれてこのかた一度もなかった。元夫の良雄も優しい男だった。この教団に入って、信者やその家族に会ううちに、世の中にはいろいろな男性がいることを知った。

十代のある女性信者の家に行ったときのことだ。玄関口に出てきた父親に、いきなり手で突き飛ばされた。

「帰れ！」

地面にたたきつけられた由季は、めくれたスカートをあわてて押さえて立ち上がった。大きな体格の男性信者と一緒に来ていたが、彼は横でおろおろしながら父親に頭を下げるばかりだった。（大きなずうたいをして……。私の代わりに「何をするんだっ」ぐらい、言ってくれたらいいのに）と、由季は不機嫌な顔で帰路についた。

女性である以上、どんなに気が強くとも、体力的には初めから勝負はついている。由季は魂は男だと言われていた。良雄と一緒のときも、魂は夫婦逆転していると言われていた。しかし肉体は女性なのだから、身は守らなければならない。由季は思う。自分が男性だったら、相手を負かしてやるのに。由季の正義感は人一倍強かった。必ず正義は勝つ。負けることはないと思っていた。

あの、地面にたたきつけられたときの恐怖感が、由季の心に残っていた。何と言っても女性である。傷つきたくはなかった。怖い男とは関わりたくない。夫婦げんかは家の中でやってほしい。人の玄関のガラスをたたき割るなんて、そんな粗野な男には会いたくなかった。

震えて動けない邦子と一緒に、ご神前から動かなかった由季に代わって、粗野な男をなだめて帰してくれた本部長は、そんな由季に何も言わなかった。この人も男っぽい性格のさばさばした人で、高速道路のトンネルの中を、一五〇キロのスピードで飛ばす猛者だった。由季は心で彼女に感謝した。

鳥取に来て二年目、山陰の長い冬も終わろうとしていたある日、地区本部長が富田に替わった。富田は、順風満帆の由季が慢心しているとなじった。発展に大きく寄与している真弓のことはかわいがったが、由季には何かにつけつらく当たった。しかし、上の人にはただ黙って従うしかない世界だった。しばらくして、真弓は専従に許された。

春らしいうららかな日差しの昼下がり、本部から電話が入った。副会長からで、由季の転勤が決まったと伝えた。突然で、声も出ない由季の気持ちを察したのだろう。副会長は言った。

「これだけ発展させた支部を離れるのは、残念だろうけどね」

しかし、由季は思った。本部長が富田に替わり、真弓も専従に上がり、がんばり屋のいなくなった支部は最近いいことがなかった。真弓が導いていた人たちが一人、二人と、信仰から離れ出していたのだ。支部長の替わり時なのかもしれなかった。

心の隙間

静岡の支部に入った由季は、新たな気持ちでご神業に励んでいた。その区長は、古くからいる畑中満という男性区長だった。由季が初めて信者として本部に参拝したとき、由季の支部長が階段から下りてくるのに出会った。その横に一緒にいたのが、彼であった。その第一印象はさわやかで、由季の心に残っていた。

もちろん由季にはそのとき夫がいたし、彼もその後すぐに結婚した。相手は会長先生の創設時代からの側近で、教団の経理を一手に引き受けていた幹部の先生の娘であった。

しかし何年もたたないうちに、彼らは離婚した。理由は知らない。ただ、本部の会議室の廊下のソファで、遅くまで話し合う二人の姿が見かけられた。結婚してからも、別々の土地で離れて布教活動しなければならない二人に、甘い新婚生活はなかったと聞く。罪がある間は、たとえ結婚しても、一緒には住まわせてもらえないのだそうだ。それに二人は耐えられなかったのかもしれない。

それから数年後、由季は初めて畑中と一緒の区になった。その前から、本部で会ったとき、畑

中は由季に意味ありげな発言をしていた。何かで由季が書いた文字を見て、

「上岡支部長さんって、顔もきれいだけど、字もきれいだね」

そばにいたもう一人の男性支部長が「ええっ」と言って、畑中を見た。畑中はあわててどこかへ行ってしまった。妙な気分でうつむく由季を、その支部長が伺うような目付きで見つめた。

畑中のコツコツと変わらぬまじめな信仰は、皆に信頼されていた。穏やかな性格も、まじめな信仰姿勢も、由季は尊敬していた。その人が、自分の直属の上司になったことを心の中で喜んでいた。地区本部のご神前で、彼を中心に同じ区の支部長、専従が集まり話し合いをしていたとき、一瞬二人の目が合った。時間が止まった。ほんの数秒だっただろう。だれも気が付きもしてないだろう。しかし、そのとき二人の心に電流が走った。

区長の畑中は時々、由季の支部に指導に来た。由季は何でも報告し、何でも相談した。若いながらも、しっかりした彼の信仰に心から尊敬を寄せる由季であった。

ある日、由季の支部に来ていた畑中は、ちょうどその夜から地区本部の当番だった由季を車に乗せ、地区本部に向かった。その車の中での会話。

「区長さんは年は幾つなんですか」

「支部長さんより一つ下だよ。初めから知ってたよ」

「ええっ。そうだったんですか」

たわいの無い会話が続き、そろそろ地区本部かなと思うころ、ふと畑中が言った。

「このままどこかに行きたいね」

由季をどぎまぎさせたまま、車は地区本部の駐車場に入っていった。

またある日、畑中が支部に入ってご神業も終えた夜遅く、信者たちも帰り、支部に二人だけになった。肩が凝ったという畑中の背中に回り、由季は肩をもんであげた。無言の時が流れた。

「区長さん、私の心は分かってくれてると思うけど」

たまらなくなった由季はそれだけ言うと、畑中を置いて逃げるように別の部屋に行った。由季が部屋の窓を閉めていると、畑中がやってきた。畑中は黙って由季を抱き寄せた。二人は何も言わず、ただ強く抱き締め合ったままだった。

それからしばらくたったあるとき、由季の支部の男性信者の一人が、自分の「おひかり様」を壁に投げ付けたという。彼はあまり信仰心のなさそうな、粗野な感じの青年だった。彼の彼女が入信に導き、信仰的に引っ張っていたが、それにとうとう反抗したらしい。

その報告を受けて、由季は心に怒りを感じた。「おひかり様」を投げ付ける等、由季の信仰からは考えられることではなかった。「おひかり様」は神様のご分身なのだ。その彼がわびたいと言っていると彼女は言う。しかし、なぜ本人がそう言って来ない。よっぽどのわびがなければ許せないと由季は思っていた。

ところが、幹部の前田先生が本部から電話をかけてきた。

「なぜ、お浄めをしてあげないの？　信者さんはわびているんでしょう。そうやってあなたは信者さんたちを苦しめてるんじゃないの。お浄めをしてあげなさい！」

日ごろは優しい先生が、厳しい口調で言った。今まで、一切上の人の言葉には素直に従ってきた由季だったが、このときばかりはできなかった。

「でも先生、私には壁に投げ付けた『おひかり様』のお浄めはできません。したとしても、神様が戻られるとは思いません。新たな『おひかり様』を再交付ということならできると思いますが」

少し無言の時間が流れたが、前田先生は言った。

「そうね、それならそうしなさい」

その夜、既に東京に転勤していた畑中に電話をした。昼間の一部始終を話した。畑中は言った。

「前田先生に素直に『はい』と言わなかったことは、問題かもしれない。でも、お浄めをしなかったあなたの信仰は、僕は正しいと思う。僕もそうしたと思う」

「ありがとう、うれしいです。区長さんを尊敬しています」

「そう言ってくれると、信仰者冥利だよ」

それからも、由季は東京に電話を入れた。由季は彼と結婚したかった。ともに信仰の向上に手を携えて歩ける人、理想的な人であった。しかし、彼は慎重な人間であった。

「まだまだ信仰が浅い。会長先生に認められるにはまだまだだ。二人の結婚を会長先生に報告できるようになるまでには、まだまだ時間が掛かる」

一体いつになったらいいの、と由季は気が遠くなる思いがした。過去の失敗は二度と繰り返したくないという、彼の気持ちも分からなくもなかったが……。

由季の支部の信者に、塚本加奈子という主婦がいた。彼女は霊視できるという女性だった。ある日突然、それは見え出したという。昔はそれほど熱心な信者ではなかった。しかしあるとき、会長先生の話を聞いていて、光や、今は亡い教祖様の姿や、いろいろなものが見えた。会長先生はそのときのことを思い出しながら、「私じゃなくて、周りばかり目を真ん丸くして見てたものなあ」と笑って言った。それ以後、もう一人の古い信者のおばあさんと二人、会長先生から特別待遇を受けた。そして、祭典のある度に二人はそばに呼ばれ、どういう霊視があったのかを事細かに聞かれた。

霊視とは何かと言うと、つまり幽霊を含め、普通の人間には見えないものが見えるということだ。祭典中、ご神体様から光が出ていた等は、信者の多くが見るものだが、この二人は特別いろいろなものが見えた。会長先生の後ろに教祖様がにこにこと、いとおしそうに会長先生を見ておられたとか。あの人の体験発表のときには、黄金色に輝いていたとか。もう一人のおばあさんは、魂の色が見え、副霊、動物霊の姿も見えた。

人と人が言い争いをしているときは、それぞれの動物霊が出てきて、やり合うのだという。そして負けたほうの霊体の中に、勝ったほうの動物霊が入り込むという。だからけんかはするものじゃないと。

また、魂の色でその人の魂の位置が分かる。魂の高い人は白、低い人は黒。病気の人は青、会長先生は黄金色。そして、人は霊衣という霊の衣を着ているが、その厚い薄いがある。魂の高い人は厚い。色欲に陥っている人は、ピンク色になるという。あの二人は、そういったことが見える特殊な人間なのだ。由季はさっぱり見えなかったが。

会長先生はこの二人の話を常に参考にしていた。支部長や専従の言うことよりも、はるかに大切にした。祭典はもちろん、大事なことがある度に、二人は呼び出され、会食も一緒にした。教団内部のことは、支部長たちよりもずっと詳しかった。

その加奈子が、支部長の由季と畑中がすれ違ったとき、何も言葉も交わさなかったのに、二人の仲というより由季の気持ちを見抜いた。しかし彼女は、由季のまじめな思いを応援してあげたいと言った。

「でも結婚は難しいかもしれませんよ。元の奥さんのお母さんに遠慮があるでしょう。今でもやはり力のある先生だから」

その彼女が、あるとき由季に言った。本部で会長先生を囲んで、本部長、区長が先生の話を聞いていたとき、畑中の足の間に女性の足が絡まるのを見たのだという。

「支部長さん、気を付けてくださいね」

由季は嫌な気分だった。それは私じゃない。私はそんなこと思っていない。きっとだれかが彼に言い寄ってきているのかもしれない。

離れ離れの二人はその後、特別の進展はなかった。

あるとき、由季は本部の当番に入った。年末の掃除で各部屋の押し入れまで、整理されているか、見て回らされた。畑中たちの部屋の押し入れを開けたとき、ふと箱が目に入った。それは以前、由季が彼にプレゼントしたものだった。包装紙に包まれたまま、開封もされず、押し入れの隅に押し込まれていた。

（もしかしたら自分は愛されてないのかもしれない）

そんな思いを打ち消すように由季は小さく頭を振り、押し入れの戸をそっと閉めた。

暗い湖

由季は、どんよりと曇った寒い島根の支部に転勤になった。山陰の暗い空気が由季は嫌いだった。罪が深いと言われる発展しない所に、由季は左遷されたのかもしれない。静岡の支部を出発するとき、由季は右足をくじいた。腫れ上がり、痛くてびっこを引いた。何か悪いことがありそうな気がした。でも、本部の命令は聞かないわけにはいかない。重い気分で汽車に乗った。山陰の地区本部に富田本部長が待っていた。心に構えるものがあった。この人とは一緒になりたくなかった。よっぽど何か悪い因縁があるのだろうと思った。

そんな悪因縁の富田だったが、一度だけとても感謝されたことがあった。あれは大阪の地区本部にいた時のこと、会長先生の指導で沖縄に踏み出すことになった。まだ支部はもちろん、信者もいない地である。富田本部長と一人の専従が行くことになっていたが、由季が導いて共にご神業をしていた津田幸子が、ちょうど沖縄の出身であった。由季は願い出て、この幸子を連れて行ってもらうことになった。

由季はまるで自分が行くかのように、最短のコースを調べ、新幹線、飛行機の往復の切符を手配し、向こうでの入信式のときに必要なお三宝、風呂敷、そして「おひかり様」等々、すべてを用意した。幸子の親戚の家に泊まらせてもらうことになり、準備万端整えて、由季は彼らを送り出した。自分が行きたい気持ちを押さえて。富田本部長らは由季の立てたスケジュールどおりに動けばよかった。

いい成果を得て、彼らは帰ってきた。富田は言った。

「この成果はすべてあなたのお陰よ。八人の入信者全部、あなたの支部の成績に入れなさい」

しかし富田は、とにかく感情の起伏が激しい人間だった。よく感動もしたし、よく人を責め立てた。

ご神業で時々通る昼間の宍道湖は、暗くどろどろの湖だった。富田は、ここの真っ赤な夕日はすばらしいとよく言った。それほどの夕日を、由季はまだ見たことがない。由季は暗い湖は嫌いだと思った。

寂しい島根の支部にもようやく慣れて、信者たちとご神業に明け暮れていたある日、支部にかけてきた電話で、富田は変なことを言った。

「あなたは大丈夫？　前田先生が心配しておられるけど……」

「何のことですか」

「益田の支部長みたいなことしてないね？」

「何でそんなこと言うんですか。何もありません。そんなこと言うなんてあんまりです。会長先生に言いますよ」

今まであらゆることにずっと耐えて、一度も口答えしたことがなかった由季が珍しく反論した。許せなかった。ここの信者のだれのことを言っているのか。支部長が信者のことを思いやり、その人生までいろいろ心配して指導するのは、支部長として当たり前であろう。それは男女問わず、個人的な好き嫌いなく、やらねばならない支部長の仕事だ。人に尽くす、これもみ教えの一つではないか。批判される事、疑われるような事は何一つしていない。

益田の支部長も富田にやられた。支部の信者のだれかと何かあるのだろうと疑われ、会長先生に告げ口された。事実何もなかったという。益田の支部長は専従を降ろされた。今まで何人の専従が彼女から追放されたことか。

本部では支部長たちの多くが、富田がおかしいと言っていた。自分自身は、地区本部でおふろ上がりにムームーみたいなのを着て、男性支部長の部屋に行って、遅くまで寝かさないらしいなど、うわさした。ある支部長は、「事実を副会長に手紙を書いて直訴したらいいと、降ろされた支部長に勧めているんだけど」と言った。でも、由季はその副会長も信じられない。

会長先生の耳には、周りを取り巻く幹部の先生方や本部長たちの声しか届かない。由季は思う。あの富田本部長はまるで気違いみたいだ。いつも正しいのは自分、常に人を批判し、疑い、疑ったことは本当の事だと思い込んでしまう。被害妄想かもしれない。ノイローゼなのかもしれない。気分はころころと変わり、激しかった。

静岡の地区本部で支部長会があったとき、富田のことを幹部の前田先生に相談しようかと思った。しかしなかなか二人だけになれず、相談できずじまいだった。

その後の本部での支部長会で、由季は会長先生に詰問された。発展しない支部として、どうしていくつもりかと。発展に向かい、実践に邁進するような意味の事を答えたが、そのまま立たされた。他の支部長に同じように質問していき、だれかが浄霊にかけますと答えた。会長先生は由季に向かって言った。

「あなたはなぜ答えられない。何も分かっていない。浄霊以外に何があるか。専従を降りなさい」

呆然と立ちすくみながら、由季はどうしてこんなことになったのだろう、と気が遠くなるのを覚えた。会長先生の部屋へおわびに行ったが、なかなか会おうとはしてくれない。中から声が聞こえた。

「支部の信者さんとやはり何かあったらしいですよ」

前田先生の声だ。

「やっぱりね」

「学があるからですね、（信仰が）入りにくいんですかね」

「うん」

しばらくして部屋に通された由季に、会長先生は言った。

「帰りなさい。信者としてやり直して、本物だったらまた許されることもあるだろう」

由季は一言も言えなかった。

部屋を出て、前田先生が由季に言った。

「どうする？　ご両親の所へ帰る？　それともしばらく仕事が見つかるまで、静岡の地区本部にいてもいいけど」

突然の出来事で、由季はまだ頭が真っ白な状態であった。何も答えられない由季に、先生はひじで何度も小突きながら言った。

「あなたのそのはっきりしないところがいけないんでしょ！」

廊下を出たところで畑中にばったり出会った。「どうしたんだ、何てことをしたんだ」とでもいうように顔をしかめて見せた。由季は情けない思いで立ちすくんだままだった。畑中はそのまま、声もかけず立ち去った。

失意の帰郷

由季は、静岡のバスターミナルから外に出た。八月の六日、ああちょうど昭和二十年、広島に原爆が落ちた日だ。あの日も今日のようにひどい日差しだったのか。じりじりと夏の太陽が、由季に降り注いだ。由季は重い足取りで、新幹線の乗り場に向かった。

実家に帰った由季は、一体何があったのかと、心配げな両親を尻目に何も語ろうとしなかった。夜、布団の中で、由季の心はこれ以上のどん底はないだろうというぐらいのどん底まで落ち込んだ。このまま死にたい、何度も何度もそう思った。

「いや、どうせこのまま自分は死ぬんだろう。神様から見放されたのだもの。病気になって、きっと私は死ぬんだ。だれも助けてはくれない。私は見放されたんだ……」

暗い暗い闇の底に、ぐいぐいと引きずられていく思いをどうしようもない由季であった。

専従を降りると魂は下落し、今までご守護により隠されて、出ずに済んでいた病気や事故など、不幸なことが起こると言われていた。そのために皆、より位を上げるべく精進した。今現在、最後の審判、人類滅亡が起きれば、会長先生はじめ数人の先生方しか残れないだろうと、まことしやかに言われていた。最後の審判に残るべく、皆必死でご神業に邁進していたのだ。

実家に帰って、由季は一度、畑中に電話を入れた。畑中からどういう言葉を聞けるのか知りたかった。

「あなたは教団からはじき出されたんだから、冷静に考え直しなさい」

彼も信者とのことを誤解しているのかと思った由季は、そんなことは全くなかったこと。畑中のことを思う想念が、誤解を生んだのかもしれないと言った。

「僕のせいだと言うの」

畑中は冷たく言い放った。

「分かりました。さよなら」

由季はきっぱりとした口調で言うと、電話を切った。

由季の心の隙間に入り込んだかに見えた畑中だったが、それを埋めてくれる人ではなかったことに、今やっと気が付いた。このとき、由季の心から完全に畑中の存在が消えた。

理由は分からないまま、母は由季の帰りを喜んだ。まるで新しく導いた人を伴うようにして、由季を連れ支部参拝した。由季もまた、ただの信者としてでもつながっていたかった。もしかして、会長先生の救いの手がすぐにでも伸びるかもしれない。わずかな期待があった。でも、ご神業はできなかった。自分みたいな不幸な人間を作れない。自分が幸せになってこそ、人に同じ幸せを伝えることができる。由季は参拝だけを辛うじてするのであった。

由季は、富田こそが自分を専従から降ろさせた張本人だと思っていた。しかしその後、思わぬ事を聞いた。信者として母と本部に参拝したとき、偶然富田に出会った。

「ああ、元気にしてるね。元のさやに戻ったってね」

「はあ？　何のことですか」

「前田先生がそうおっしゃっていたよ。復縁したんでしょ」

冗談じゃなかった。元夫とは会ったこともない。生きてるか死んでるか知りもしない。何で事実でないことを前田先生は言うのか。

「ええ？　前田先生が会長先生に報告されてたよ。よかったよかったと笑っておられたよ」

「これだから『聖信会』は嫌いなんですよ。ありもしないことを何で言うんですか」

由季は耐え切れず、激しい口調で言った。横で母がおろおろしていた。

祭典前、祖霊様がまつられている祖霊舎にお参りに行く。そのとき、出会った顔見知りの専従に同じことを言われた。そこでも由季は憤慨し、否定した。その専従は、「えっ？　違うの？」とびっくりした顔をした。由季が復縁したうわさは、今や教団中に広まっているらしい。

（私は上岡由季であって、三松には戻ってないじゃない。何がどうなっているのか、だれが何を言ったのか。いったいなぜ私は専従を降ろされたのか。私にとっては実践という言葉は浄霊以外になかった。ただ言葉じりを捕らえて、会長先生は私を降ろすこと自体が目的だったのか。なぜ？　それは神様のなされたことか。私は、一生全身全霊を捧げるつもりの教団から追放された。私は神様に見放されたのか）由季の心は激しく揺れた。

　ふと由季は思い出した。前田先生にたった一度反発したことを。もしかしてあのときから、先生にうとましく思われていたのでは、という疑いがわいた。自分は正しい主張をしただけで、そのように思われているとは思ってもみなかったが……。まさか、教団の幹部の先生が、そんなことで……。

　かつて教祖様が講演されたという日比谷公会堂で、会長先生が講演されるという。母に連れられるような格好で、寝台特急に乗って、由季は参拝した。講演の中、会長先生はこう言われた。

「創設当時、何人かの主婦たちから、この教団は出発した。何の力もない女性たちが、ここまで発展させたのも、教祖様のお陰、神様のご守護だ。あのころも今も、何もしなくても勝手にお金が集まる」

　この言葉に由季はむかっとした。末端の専従、支部長がどれだけの思い、どれだけの努力で献金を取り次いでいるか。自分たちは食べるものも食べず、自らも献金している。信者さんたちはどれだけの思いで少ないお給料からお玉串、献金をしているか。ご神業の時間を取るため、遠くから本部参拝するため、思うように仕事もできず、男の人さえバイトみたいな事をしている。その中から精いっぱいの献金をしている。多額の借金をして、献金をしている人もいっぱいいる。誠意ある人々の誠の献金で、仮本部、地区本部、救済会館等々、多くの建設がなされ、今も本部建設に向けて邁進中なのだ。そして、会長先生宅なるものが何カ所にも建てられていると聞く。何部屋もある豪邸ばかりであった。

本部での先生方の毎日の食事は、朝からテーブルに何皿も所狭しと並び、大変な御馳走であった。かつてコックをしていた専従たちが、毎日先生方のために腕を振るった。上の人たちだけがぜいたくをし、末端は貧しいものだった。罪のせいなのか、徳づみの足りなさなのか。

全国から集まった多くの信者たちを前にして、言葉だけでも言ってほしかった。誠の皆さんのお陰でと。由季は、完全に心が教団から離れてしまった自分を感じた。

ある日、地区本部長が由季をご神前に呼んだ。竹田道子という何年前だろう、由季が導いた人だった。竹田本部長は由季を前にして言った。

「みんながあなたのことをどう言ってるか知ってるの。今まであれだけやってた人が今、何にもしない。何あれって。あなたの存在はねえ、邪魔なのよ！」

がなり立てる本部長を前に、由季は「はい」と言ったきり黙って座っていた。

竹田道子は、かわいい男の子と女の子を持つ平凡な主婦だった。彼女の夫はまじめそうな人だった。いろいろと忙しいからと煮え切らない彼女に、由季は家で教えを解き、支部に連れて行き入信式をした。素直ではあるが、なかなかご神業しようとしない彼女の家に、由季は足しげく通った。そして徐々に導き出し、彼女の存在は会長先生の目に止まるようになった。

多くの奇跡やご守護をもらった彼女の体験発表が、静岡の地区本部で行われることになった。その前日、既にできていなくてはいけない原稿はまだできていなかった。由季が手を加えた原稿に、更に本部長先生が徹夜で手を加えた。道子はその横で眠ってしまっていた。明け方になってやっとできたが、それはほとんど本部長先生の文章だった。

次の日の体験発表の時、ご神前の講演台に立つ道子の足はぶるぶると震えていた。それを見ていた前田先生が後で、由季に笑いながら言った。

「まあ、あの人ね、足がぶるぶる震えていたよ」

あの道子が数年後、専従を許され、見る見る出世し、今は岡山の本部長。由季をはるかに越えてしまった。祭典ごとに道子の講義はすばらしく、表情豊かに話す彼女の表現力は人々を感動させた。ぶるぶる震え、自信なさげに体験発表をした面影はどこにもなかった。

専従になったとき、道子は離婚をし、かわいい子供たちとも別れた。そのころは由季は長崎にいて、詳しい事情は知らない。（でも何で？　あんなかわいい子供たちと？　もし私だったら、別れられない）由季は思った。子供のいなかった由季は自由だった。しかしもし、あんなかわいい子供たちがいたら……。下の女の子を何度抱き締めてあげたいと由季は思ったことか。それほどかわいかった。

道子から邪魔だと言われたその日から、由季はぱったり参拝をしなくなった。自分はもうご神業はできない。今までどれだけの人を導き、幸せにできたのだろう。由季が導いた多くの人が離婚をし、子供を置いて専従になった。

岡山で導いた西とう子。三人姉妹の母であった。夫から信仰を反対され、殴る蹴るの乱暴を受けた。あばら骨が折れたほどだった。おとなしそうな外見に似合わず、それを乗り越えて、一番下の子を連れて専従になった。

大阪で導いた津田幸子。戸口をたたいて入ったアパートの一室はガランとして、タンスも何もなく寒々としていた。臨月の幸子は素直に浄霊を受けた。彼女の夫はパチンコ狂いで働かず、家には生活費もほとんど入れないという。臨月のおなかを抱えて、幸子は由季と一緒にご神業をした。出産前に、少しでも多く人を導かせてあげたかった。実家の家族や夫も入信し、幸子は無事男の子を出産した。病院に見舞いに行き、浄霊をしてあげたが、幸子の青白い顔色が由季は心配であった。

その後、夫婦の間でどういう会話が交わされたのか分からない。夫は幸子に乱暴し、自分の「おひかり様」を投げ捨てたという。まだ言葉も出ない、音楽を聞くとかわいい腰を振って踊りだす長女と、生まれたばかりの長男を抱え、幸子は離婚した。

鳥取で導いた、由季と瓜二つの飯田真弓。彼女が専従になったとき、もちろん家には夫と子供を残していた。前世の因縁なのか、由季と顔がそっくりであった彼女が、専従で岡山に入ったとき、由季の母が、由季が帰ってきたと勘違いして泣いて喜んだと聞いた。その後も、家のごたごたがあり、会長先生からの指導で時々家に帰されているらしい。二人の子供はまだ小さく、おばあちゃんが見てくれてはいるが、彼女にも心残りがあるのだろう。しかし、命を救われた感謝と、持ち前の献身的な性格から、恩返しをするために必死なのだった。

（一体何がその人の幸せなのか。人を導いて、罪を許されているのか。逆に罪を作ってしまっているのじゃないか。そして、一生をかけて尽くし、骨を埋めるつもりでいた教団に、私は追放された。私の今までの人生は何だったのか。家庭を捨て、全財産を捧げて、人生を捧げて……。私は……）由季は自問自答した。答えは出なかった。

それから数カ月後、既に由季は教団から脱会させられ、信徒でもなくなっていると聞かされた。由季は「おひかり様」を首から外した。

しばらくして、本部長が替わったという。岡村先生といって、あの竹田道子が体験発表をするとき、徹夜で原稿に手を加えてくれた人である。この先生は、創設時代から会長先生のそばにあって、教団を支えてきた一人だった。少し話が長くなるきらいがあったが、優しい粘り強い先生であった。頭も良く、会長先生からも一目置かれていた。その先生から由季に電話があった。

「どうしているの？」

「もういいです」

「そう……」

寂しそうな声で先生は電話を切った。もう少し早くこの先生に会えていたら、由季はいろいろと相談もできたかもしれないと思った。長崎で、支部発会のための支部探しから、一緒に苦労を共にしたこともある、懐かしい先生でもあった。でももう遅かった。由季の心は既に教団と決別していた。


それからずいぶん後、母から先生のことを聞いて由季はびっくりした。突然、先生が支部からいなくなったのだという。未発展を悩んだ揚げ句のことだという。静岡の自分の家に戻っていたのだそうだ。ここまで人生を教団と共にしてきた先生が、なぜ。今まで多くの苦労を乗り越えてきたはずの先生が、なぜ……。

由季はふと、昔の先生の言葉を思い出した。長崎で支部を探していたころ、支部長、専従と四人寝起きを共にし、苦労もあったが楽しくもあった。由季と若い男性支部長と何かと言い合いをした。新人の支部長で、することなすこと危なっかしく、由季が口を出さずにはいられなかったのだ。それを男性の専従が、仲良いほどけんかするとからかった。由季がまた向きになって、「仲良くなんかないよ」と言った。横で、けらけらと笑いながら先生が見ていた。先生はとても笑い上戸だった。

その後、何かのときに先生は言った。

「あのころが一番楽しかったね」

会長先生から呼び戻されて、いったんは本部に入ったそうだが、今はまた家に帰ったと聞く。

一度教団を離れてしまったら、復帰は難しいのかもしれない。

割れた花瓶

久しぶりに由季の前に現れた元夫の良雄。髪には白いものが目立ち、ほおはこけ、痩せていた。懐かしい思いが込み上げてくるのかと思っていたが、逆に妙に冷たいものが流れた。初めての見合いの日、良雄のきれいに澄んだ瞳に由季はひかれた。しかし今、由季の前にいる良雄の目は、冷たく鋭いものだった。

（会わなきゃ良かった）少し後悔した。

ファミレスに入り、由季はコーヒーと言ったが、何か食べたらと自分はステーキのセットを頼む。仕方なく由季もドリアを頼んだ。しばらく無言が続いた。ようやく良雄は現状を話し出した。両親ともに入院していること。母親は直腸ガンで入院中、食事でのどをつまらせ、以来植物人間状態であること。父親はパーキンソン病で、世話ができないので、母親と同じ病院に入院させていること。自分が週何回か病院に行って、洗濯物を持って帰っていること。いまだに一人でいること。そして、由季に何で連絡してきたのかと聞いた。

母が心臓の発作を起こし倒れたこと。以前から母は由季のことを心配し、自分で良雄に由季が帰ってきていることを連絡しようとしていたこと。憎み合って別れた二人じゃない、会ったらもしかしてと思っていたらしいこと。母が自分のことをずっと一人で心配していたことを知り、自分のことは自分で解決しようと思い、結論はどうなるか分からないが、とにかく良雄に連絡してみたこと。等々。

（しかしいい結論は出そうにないな）と既に心で思いながら、由季は話した。案の定、良雄は「今どうしようもない状態だから」と言うばかり。ああこれだ、この優柔不断。昔もそうだった。

由季は愛情が確かめ合えたら、厳しい状態の元夫を助けてあげたいと思っていた。両親は私のことを許してはくれないだろう。信仰のために離婚した嫁、かわいい一人息子を不幸にした嫁。憎んでも憎み切れない嫁かもしれない。罪滅ぼししたい思いもあった。しかし、今はその思いも消えていた。

あれは二十六歳の夏だった。結納も済まし、秋に結婚を控えて仕事も辞め、由季は家で準備に忙しかった。そんなある日、突然良雄からこの話はなかったことにと言ってきた。青天の霹靂である。父親が腎臓結核になって入院したからと言う。

少し腹立たしかった。（何事も助け合うのが夫婦だろう。今更何？　父親と私たちの問題は別でしょ）という思いだった。しかしそのとき、なぜか心の中でほっとしたような、相反するものがあった。由季はその思いをふり払い、「いいえ、結婚は先延ばしでもいいはず」と言って、父親の回復を待つことにした。あのほっとした思いは何だったのだろう。もしあのまま破談を受け入れていたら、由季の人生はどうなっていただろう。今更言ってもしようがない。とにかく、由季は誠意ある婚約者の顔をして、良雄との結婚を選んだのだから。予定より半年遅れて、二人は結婚した。

あのときの腹立たしい思いを由季は思い出していた。あなたの考え、思いはどうなの？　あなたはどうしたいの？（この人は変わっていない）と由季は思った。

由季の前から突然姿を消して後、数年離婚せず由季を待っていたというのも、愛故ではなかったのだ。きっと、世間体の問題だけだったに違いない。常に彼は親を、世間を気にし、人前ではいい格好をする人だった。昔、由季が初めて専従に許され、支部長として支部に入ったとき、良雄は支部長代理として共に入った。良雄のこの性格は、代理さん、代理さんと呼ばれて、他の信者たちから人気があり、信仰に対しては厳しい由季よりも慕われたほどだった。

もう二度と会うことはないだろうと思いながら、由季は元夫と別れた。

力なく横たわる病床の母に、由季は話しかけた。

「ごめんね、期待に添えなくて。私は一人で何とか生きていけるから。心配しないでいいから」

由季が教団を降りて帰ってきてからも、母は信仰を続けていた。由季が何があったのか、何も話さなかったから。何かよっぽどの事があったんだろうとは母も思っていたようだ。しかし内部の人間でなければ、話しても理解できないだろう。それに、母には母の信仰があるだろう、と由季は思っていた。

母は、由季がいつか教団に戻っていくのを心では望んでいたようだ。しかし年々、由季の気持ちがますます離れていくのを、ただ黙って見ているより仕方がなかった。そして今、七十をいくつか過ぎた母は、病床に倒れ、ご神業も本部参拝もできなくなってしまった。

母が心臓の手術をすることになった。由季のショックは大きかった。年も年だし、手術だけは避けてほしかった。ところが、父も兄も由季を無視して、病院の先生と手術の話を決めてしまった。決まってしまってからの、父の無神経な電話に、由季は怒りをぶつけた。

「何で決まる前に教えてくれなかったの。先生の話に何で呼んでくれなかったの。あの年で心臓にメスを入れるなんて、そんな！」

父も母のことを思うばかりにであろう。生まれて初めて、由季に怒鳴った。

「手術せんと死ぬんだぞ！」

医学を否定してきた由季の信仰に、父と兄はわざとのけ者にしたのかもしれなかった。母もきっと悩んでいるだろう。今まで由季と同じ信仰をし、薬も飲まず、医者にも行かず、健康に過ごしてきた母だ。心臓の発作で道端で倒れ、父が駆けつけたとき、父は母に「おれより先に死ぬな」と言ったという。母はその言葉を聞いて、医療に任せる覚悟をした。

手術の二日前、一人で夕方、父が帰ったであろう時間帯に母に会いに行った。由季は母の横で泣いた。母をどうしてあげようもない。自分の無力さを泣いた。

浄霊ですべてが救われると信じてきた。浄霊で世界人類が救われると信じてきた。たった一人遠く離れた土地で、由季一人ご神業に励んでさえいれば、血縁でつながれた者すべても救われると信じていた。だからこそ、孤独でもがんばれた。それが今、目の前にいる母一人、どうしてあげようもない。一体自分は今まで何をしてきたのだろう。

「もう泣かんでいいよ」

弱々しい声で優しく母が言った。

解かれた封印

由季はもう五十歳、半世紀生きた。今は小さなアパートで気ままな一人暮らし、年齢も高くなるとろくな就職先もなく、パートで何とか生きつないでいた。宗教とは全く関係なく過ごす毎日。生きる目的も何も見いだせないまま、神に手を合わせることもなく、何年が過ぎただろう。母が手術を受けたのも、もう二年も前になる。あれから、薬は飲みながらも何とか元気でいる。母は病院の先生に、最低限の薬にしてくださいと言うのだという。その母が一年前、今度は貧血で倒れそうになった。調べてもらうと、心臓の薬としてもらっていた薬の副作用で、胃潰瘍になっていたのだった。その薬をやめたら胃潰瘍は治り、ひどい貧血も治った。薬の恐ろしさを人一倍知っていながら、その薬に頼って生きるしかないのか。母は今度心臓で倒れたら、手術はしないでくださいと言っているという。由季は母と、何かあったら生命維持装置はつけないでという遺書を書いておこうね、と二人で話し合っている。

テレビでは、数年前に起きた『オウム真理教』の地下鉄サリン事件の実行犯の裁判で、死刑が求刑されたとの報道が流れた。

ホテルから、ミイラになった信者の遺体が発見され、グルとよばれる『ライフスペース』の会長の、遺体は死んでないとの驚くべき会見。

『法の華三法行』の修行という名のすさまじい金集め、「足裏診断」であなたはガンだと断言し、恐怖感からお金を出させる汚いやり方、等々。いろんな宗教法人の在り方が問われている。それ以上に、人殺しや、家庭の破滅を招く金集め、親の信仰による被害者の子供たちなど、大変な社会問題になっている。

由季が、信じて人生をかけてきた信仰も、もしかして同じようなものだったのではないか。もちろん、オウムのような殺人教団ではない。『ライフスペース』や『法の華三法行』のように、奇跡のすべてがだましだったとも思えない。実際、ない命を救われて後、数年、十数年生きているという人も多かった。ただ、金集めが目的だったとも思いたくない。

しかし、由季のように信じて、一生身を捧げて人救いに使ってほしいと思う純粋な信仰者を、結局は不幸にした事実は数多くある。信者さんの中にも、病気を浄霊の奇跡で救われ、感謝の気持ちを多額の献金で表したにもかかわらず、その後人が導けなくて、教団から見捨てられた人もいっぱいいる。そういう人たちは、借金を抱え、神様から見放されたショックを抱え、不安な思いで生きていかなければならない。本当の神様とは、本当の信仰とは一体何だろう。

人は皆、肉体的には健康を、精神的には幸せを、そして生きがいを等々、常に求めているものだ。それらを求めた結果、宗教に入る人も多い。一つのものを信じ始めると、人はそれを客観的に見ることができなくなるらしい。何がどこまで本当に正しいのか、冷静な判断は横に置いて、信じ切ることが信仰の向上となり、疑いは悪となる。自分一人の信仰で済むうちはまだいい。今の新興宗教は、ほとんど周りを巻き込んでいく。そして巨大化しようとする。

巨大化するための手段は、年々過激になっていき、そして人間性を失っていく。巨大化すればするほど。

『聖信会』では、毎月全国の支部長を集め、支部長会が行われた。全支部の成績表が発表され、成績の悪い支部長はとことん追及された。人とお金をより多く集めたところが、成績のよい支部であり、発展している支部長は昇格し、発展しない支部長は専従に降格された。数字が、神様に認められたか、認められなかったかの結果であり、すべては結果と言われた。信じる者にとって、神様に認めらないということほどつらいものはなかった。

すべてを無くしてしまって、人はやっと気付くのだろうか。人もお金も地位もすべて無くしてしまって……。求めていたものがそこには無いことを、丸裸になって初めて気付くのだろうか。失望のどん底に落とされてもなお、人の魂は何かを追い求める。チルチルミチルのようにどこまでも青い鳥を追い求めるものなのか。

由季は自分の半生を振り返り、清算するためペンを執った。一九九九年、ノストラダムスの大予言は結局何事もなく、既に七の月は過ぎた。地球は存在し、人類は生きている。「最後の審判」という言葉は、単なる信仰心をあおるためのものだったのか。

二〇〇〇年をどう生きたらいいのか、由季には分からない。専従を降ろされ、失意のどん底に落とされて、「おひかり様」を外して、あれから何年たったろう。由季は岡山にいなかった十年間、宗教活動をしていたことをだれにも語ろうとしなかった。教団や教団人を批判すると裁かれるとも言われていた。しかし今、勇気をもって封印を解いた。それが由季の清算だった。まず清算することから、何かが始まるかもしれない。

由季は時々海を見に行った。青い海、青い空を見上げて由季は思う。教祖様は宇宙だ。教祖様は世界を救われるんだ。小さな一教団だけのものじゃないはずだ。みんな幸せになりたい。その権利は人間一人一人にあるはずだ。自らが造られた人間を滅ぼされるなんて、それは神様じゃない。

岡山に戻っての数年、由季はよく夢を見た。寝覚めの悪い夢であった。一つは鍵の夢だ。そこは、幼いときから二十歳になるまで住んでいた家の中。そこで、由季はドアや窓の鍵を閉めてないことに気付き、「ああここも、あそこも閉めてない」と焦りながら、部屋から部屋へと閉めてまわるのだ。だれかが侵入してくるような恐怖に駆られながら、必死に閉めてまわる。なんて嫌な夢。

もう一つの夢は、靴の夢。広い玄関にいっぱい靴が脱ぎ捨てられている。たぶん本部か地区本部らしい。自分の靴を必死で探している。探しても探しても見つからない。「靴がない、どうしよう」いつまでも探し続ける。そして目が覚める。

最近は、この二つの夢も見なくなった。呪縛が解けたということだろうか。

由季は今まで、そのときそのときを必死でまじめに生きてきた。性格的にも過去は振り返らず、ただ前に向かって進むほうだ。別に何も後悔することもない。専従を降りて帰ったあのとき、一度自分は死んだのだと思う。そして今、由季は勇気を出して過去を振り返り、半生を精算しようとしている。清算することによって、きっと新しい第二の人生が開けると信じたかった。

ただ、由季はこの世でたった一つ思い残している事がある。政樹のことだった。元気にしているのか、それだけでも知りたかった。しかし電話できないまま、八年も過ぎてしまった。由季は思う。きっと一生、政樹が元気で生きているのか気掛かりのまま過ごすのだろうと。一つだけ清算できない気掛かり、それもまた定めなのかもしれない。

そして、身近な気掛かりは父母であった。父が暮れも押し迫った十二月の半ば過ぎ、突然心不全で入院した。つい二、三日前まで元気に、一日三十分も散歩していた父なのだ。そして一日の大半、庭の手入れをしている。年は八十半ばとはいえ、そんな元気な父の突然の入院。そのショックで、母も不整脈で倒れそうになった。

由季は、仕事を休んで母の所へ駆けつけた。それからは、実家から直接職場に通う形で、母の病院の送り迎え、食事の世話、買い物、掃除と忙しく動いた。

母には、今までずいぶんと心配をかけてきた。いや、いまだにである。たった一人で生きようとしている由季を、母は心配でたまらない。その母への罪滅ぼしのような気持ちで、由季は世話を焼いた。何とか年末には父も元気で退院し、母も落ち着いた。

今度は、由季自身が過労で倒れた。

「やれやれ、大変な年の瀬だったね」

「来年はいいことあるよ、きっと」

一九九〇年代の最後の大みそかは今、コンピュータの二〇〇〇年問題を始め、いろいろな不安を抱えたまま、暮れようとしていた。

『希求の果て』執筆に当たって

『オウム真理教』を始め、『ライフスペース』や『法の華三法行』等々、最近新興宗教、若しくはそれに似たものが無数にある。その中で、金集め、家庭崩壊、子供の問題、はたまた死体遺棄など、多くの社会問題が起こってきている。中でも『オウム真理教』は、何と無差別殺人を起こし、日本中を恐怖に陥れた。

今世の中は物質文化の時代、物にあふれ、目に見える現実の中で、人はあくせくと毎日を過ごしている。ただ生活のため、家族のため、不況、リストラの嵐におびえ、殺伐な社会の中に生きている。今、人は癒しを求めているという。

癒し……、心の慰め、心の充足、やり甲斐、愛情、これらは皆精神文化である。物質文化は行くところまで行き着いたであろう。物はあふれているのだ。それなのにまだ、人類は遺伝子操作、クローンなど、神の領域にまで突き進もうとしている。

最後の審判とは、ノストラダムスの大予言とは、これら人類の過ちをくい止めようとするものだったであろう。

今一度、精神文化に戻ろう。目に見えない愛情、思いやり、人間らしさを取り戻し、そして悪をこの世から抹殺しよう、というのが物質文化の破壊、その後に来るミロクの世の実現である。それには人類の反省と、精神文化の向上が必要だ。その手段が、信仰心に目覚めることかもしれない。

しかし、多々ある新興宗教は本当の信仰だろうか。本当の神であり、本当の教義ならば、なぜあれほどの神を恐れぬ行いができるのだろう。本当に神を信じていれば、神を畏怖するはずで、悪い行為ができるはずもない。

神とは一体何だろう。宇宙、力、人間がどうすることもできない偉大なエネルギー、それを神と呼ぶのだろうか。神の意志によれば、この地球も、太陽系も、一瞬で消え去るものかもしれない。神の前では、人間の存在なんて全く小さい。

しかし、神は人間を愛されているはず。神は自分に似せて人間を造られた。なのに、人間は親である神を忘れ、無視し、勝手に暴走している。このままどこまで、人間の暴走は続くのだろう。どこまで、神は忍耐しておられるのだろう。

生きるとは何なのか。人生とは何なのか。何か生きがいを求めた、一人の平凡な主婦が、たまたま出会った新興宗教にのめり込んでいく。それが彼女の人生を大きく変えた。本当の神と信じ、本当の教義と信じ、すべての人生をかけた。

しかし、そこはやはり人間が造った世界、いろんな人間の醜さが渦巻く人間の世界であった。

その中で疑問を感じ、悩みながらも、神を信じ、教義を信じ、人類救済という使命感に燃え、すべては試練と考え、耐えてきた。

やがて追放され、神に見放されたとの挫折感に陥る彼女。信仰は神への恋愛にも似ていると言われる。神に見放された挫折感は、最大級の失恋かもしれない。失恋を癒すには時間が必要だった。教団から離れて八年もの月日の後、やっと冷静に過去を振り返り、清算しようと決意することができた。それほど深く強く、信仰とは魂に食い込むものなのである。

この本はしかし、いたずらに新興宗教すべてを批判するものではない。歴史的に見ても、人間にとって信仰や宗教は絶対必要なものなのだろう。いにしえの時代から現在まで、世界的にも、人間と宗教は共にあった。その時代時代の新興宗教はやがて古い宗教になる。当時社会問題を起こすほどの過激な新興宗教でも、時がたてば、ただの念仏を唱える宗教になっていたりする。ただひとつ、人を不幸にする宗教はあってほしくない。いや、あってはならないと思う。いまだにあの『オウム真理教』に入信する人たちがいるという。信教の自由の名の下に、神をも恐れぬ行いをする宗教に対しては、教団の内部にあっても、外部にあっても、タブーを越えて厳しい目を向けるべきだと思う。

この本を手にした人たちに、信仰とは何か、宗教とは何か、人生とは何か、等々考えるきっかけを与えることができれば幸いである。

作者　山岡瑞雪

希求の果て

初版 第1刷発行　2000年 8月 1日

著　者　山《やま》岡《おか》瑞《ずい》雪《せつ》

発行者　瓜谷綱延

発行所　株式会社文芸社

〒112-0004　東京都文京区後楽2-23-12
電話　03-3814-1177（代表）
03-3814-2455（営業）
振替　00190-8-728265

印刷所　株式会社 エーヴィスシステムズ

ISBN4-8355-0427-5 C0093